흥남부두 거쳐서 베들레헴

박 복 금 (시인, 문학박사)

- 함경남도 함흥 출생
- 1999년 월간 『한국시』로 등단.
- 현재 : 강원대학교 삼척캠퍼스 외래교수.

◆ 작품집
- 시 집
  『초당골 바람의 말』
  　　(시문학사, 2003)
  『풍경에 손목 이끌려 가다』
  　　(모아드림, 2007)
  『오늘 하루 그대가 되어』
  　　(시문학사, 2010)
  『흥남부두 거쳐서 베들레헴』
  　　(노문사, 2015)
- 수필집 : 『길 위에 흔적』(노문사, 2014)
- 수 상 : 가톨릭대학교문화상 외 다수.

◆ 문학 활동
- 한국문인협회 회원
- 한국가톨릭문인회 회원
- 강원문인협회 회원
- 관동문학 회원
- 강릉문학 회원
- 강원여류 동인지 산까치 회원
- 강릉여성문학인회 회장

◆ 문학 활동 역임
- 청송문학회 회원
- 해안문학 회원
- 강원펜문학 이사
- 관동대학교 쌍마문학 부회장
- 강원여성문학인회 이사 및 감사

흥남부두 거쳐서 베들레헴

2015년 7월 6일 인쇄
2015년 7월 15일 발행

글　　　 : 박 복 금
주소　　 : 03187
　　　　　 강릉시 용지각길 20번길 8 (103동 705호)
전화　　 : 010-3375-4960 (P)
이메일　 : pbk3004@hanmail.net

펴낸이　 : 백 성 대
펴낸곳　 : 도서출판 노문사
주소　　 : 서울시 중구 마른내로 72 (인현동2가)
전화　　 : 02)2264-3311~2
팩스　　 : 02)2264-3313
이메일　 : nomunsa@hanmail.net
출판등록 : 2001년 3월 19일 제2-3286호

ISBN 979-11-86648-01-8

"이 책(인쇄물)은 **강원도, 강원문화재단** 후원으로 발간되었음"

박복금 시집

흥남부두 거쳐서 베들레헴

노 문 사

서시

박 복 금

1950년 12월 22일
흥남부두여
안녕
낯선 거제도여
안식처인 서울이여
단란한 피란민 가족의
시작입니다

금강산 가는 길에 철조망을 보고
예루살렘에서 통곡의 벽을 살피고
베들레헴에서 슬픈 장벽을 돌아보고
독일에서 통일의 벽을 만나고 나서

분단 70년, 한국전쟁 65년

간절하게
아주 간절하게
남북통일을
평화통일을 매순간 순간마다
기도합니다

차례

차례

차례

제4부 가을 햇살이 곱다

차례

제5부 베들레헴에서 예수를 만나다

▌작품 해설

제1부

흥남부두에서 서울까지

외로운 날이면

휴전선 너머
야생화 피고지고
그 너머
이름 모를 철새 날고 또 날아

부모를 찾습니다
형제를 찾습니다
친구를 찾습니다

실향민의 아름다운 빈손
이승저승으로 외로운 벽 쌓고

아, 아, 끝났어요?
끝났다구요?
끝났군요.
끝났습니다.

죽을 힘 다 하여
나고 자란 고향 떠나온······

저승에서 만나 볼
사랑하는 사람들

피란민의 설움

들립니까
눈이 시리도록 밝은 보름달 뜰 때
검은 문 열린 열선에서
북풍 바람 속을 달리는 해군 함정
LST*여정 실화가 들립니까
눈물 나는 세월 지나고
그리움은 바람만 남기고 떠나
가신 이를 가슴에 품고 있소
험준한 물결 따라 온 거제도 포로수용소
슬픈 사람들끼리
통일이 되면 고향으로 돌아간다는
함경도 아바이 사람들 애원은
하늘나라로 승천 했소
만남의 광장 금강산 어귀에는
헐벗은 밤을 지키는 달이 뜨고
화려한 등불 밝혀져도
다시 만나면 알아보지 못할
허허로운 얼굴 험한 땅에서 비틀거리오
통일로
이산가족 만남으로
마음 편할 사람들 여기 많이 있소
한 많은 청춘 갈잎처럼 날려 보내고

불타는 마음 닫힌 회로에서
절망의 탄식소리 떨고 있소
보시오

들립니까

    * 1950년 12월 22일 함경남도 흥남부두 철수 때 7,600t
급 미군 해군함정LST 빅토리호가 끝없이 밀려드는 피
란민을 싣고 3일간 항해 끝에 크리스마스인 12월 25
일 거제도에 입항, 2004년 영국 기네스북 세계 기록
으로 등록 됨.

그날이 그날이다

서러운 마음 톡톡 묻어난
유년 시절 바람은
창호지 문살 더듬으며
아버지 무딘 마음 톱날 끝으로 깎아내고
고향 주위 맴도는 투명한 추억은
천천히 등 돌려 북한산 바람을 만났다
바람의 한숨소리
달음질치고 난 자리
녹슨 철모는 내 기억 속 공포였다
해마다 바람벽 타고
아버지의
가라앉은 헛기침은
온종일 모빌처럼 흔들려
삼팔선 넘나들고
아무도 가보지 않은 그곳엔
휘파람 부는 이가 있어
고향 뒷산으로 달려갔다

아직도
빛바랜 통일 염원
어둠으로 내려앉아 묵묵히
부동자세다

담장 없는 삼팔선

－ 悲歌 －

추억을 무장한 채
한 여름 무더위와 싸워
어디론가 떠나야 했다
시간을 앞질러
아버지는 돌아오지 않는다

고무줄처럼 긴 그림자 서성이는
골목길 돌아
그리움 질질 끌고 갔다

투명한 기억
밀고 당기고
접혔던 통일 훌훌 뿌리며
서둘러 낙엽 물든
황톳길을 터벅터벅 걸어갔다

북녘 바람 단단히 걸어 잠그고
긴긴 하안거로
출타중이다

물안개로 흩어지리라

잃어버린 가계家系 짊어지고
금강산에 가면
숭숭 구멍 난 그림자를 만난다
갈색잎 웃통 벗고
껄끄러운 회색바위
슬픈 실향민 초상화로 우뚝 서 있다
시퍼런 입술 투정부려
주렁주렁 대롱대롱
곪아 터진 풍경소리
휘휘 휘파람 불며 북녘으로 날아간다

눈물 항아리 가슴에 품고
고향 내음 뚝 떼어 내려놓고
갈잎 날리는 초겨울
텁텁한 수의로 갈아입고 떠났다
3·8선 가는 길 너무 멀어
유년 시절 접어두고
유리병 속
흑색 사진 몇 장 남겨두고
산자락 물안개 동무 삼아 낮잠을 깊숙이 잔다

몸과 마음 0.000 틈 사이로

아버지 혼은 땅 속에서 천천히 걸어 나와
들꽃으로 당신을 옮겼다
흔들리는 바람 비집고
그 길로

이제는 기억 속의 풍경화

시간은 뒷짐 지고 앉아
육십 여 년
고향 마을 설계하고
느리게 걸어가는 등 뒤로
파노라마처럼 펼쳐진 애환
물살 거슬러 오르는 연어 떼다

파란만장 한 세월 거쳐
어둠 뚫고 뛰어 오르는 그리움
시린 가슴위로 도배塗褙를 하고
실날처럼 이어지는 고향 이야기
도란도란 키 크고
흠집 생긴 모과처럼 울퉁불퉁 한 얼굴은
고향 끌어안는다

시퍼런 흥남 부두는 알 수 없는 몸짓으로
살랑살랑 기지개 펴며
발길을 남으로 돌릴까
삭아버린 선친의 한
물길 순리가 그렇듯이
그렇게 흘러가듯 차근차근
역사를 기록한 채 흘러가고
통일은 여전이 오리무중이다

고향 그늘에 앉아서

총부리 겨눈 철조망 비무장지대 따라
금강산 가는 길
내 속살 속에 선친 모습 안개비로 가리는 찰나
고향은 늘 슬픈 추억뿐이다

아련하게 남아 있던 고향이야기
낙엽 위로 쏘옥 고개 드는 순간
타향 뒤에는 또다른 고향이 있다는 신호다

바람은 고향을 말하지 않아도
위로의 손짓 건너고
벌거숭이 산사이로 붉은 정치선전 글귀마저
희뿌연 연기처럼 어른거려
국토분단의 아픔 가슴에 와 닿는다

구룡폭포 지나
상팔담 올라가 함흥을 아주 멀리 바라보며
아름드리 적송 가지마다
점·점·점으로 고향 두둥실 떠 있어
시름 시름이 쫓겨나고
고향 마을로 가는 아름다운 풍경
카메라에 담기도 전
눈언저리엔 뜨거운 눈물 흘러내리고

남북이산가족 상봉장

해풍 걷어 안고
고향방문단
등 푸른 바다 위에 봇물 터졌다
빈 새벽 건져 올린
수평선 너머
소망
조용히 눕혀 놓은
동해바다 무녀巫女 신명나는 춤사위
넋 잃고 보다가
시름 끊고 날아가는 포근한 햇살 보는 순간
여윈 바람
금강산 만물상에 가부좌 틀고 있다

잃어버린 고향 겹겹이 껴입고
지천으로 퍼 올리는 희망 안고
만남의 향연장으로

가자, 떠나자
만나자, 사랑하는 혈육을
온정각 웃고
외금강 · 금강산 호텔 반기는
역사가 살아있는 눈물의 현장

이별의 순간 억장 무너지고
평화통일 민족의 대 염원이다

같이 살고 싶은 길

1950년 6·25 전쟁은 쩌렁쩌렁 슬픔 풀어헤쳤다

그해 12월 흥남 부둣가 피란민 행렬
깊은 시름 가슴에 묻고
메러디스 빅토리호 해군 함정에 생명을 담보하였다
미군과 한국군
1만 4000여 명 피란민들
으르렁거리는 겨울 바다 속으로 행진하며 들썩거렸다

"한 척의 배로 가장 많은 생명을 구한
단 한 명의 희생자도 없는 기적 같은 사건"

목숨도 잠도 식량도 인파 속에 벗어놓고
사흘간 거제도를 향해 탈출할 때
하늘도 산도 들녘도 가부좌하고
끼리끼리 눈물만 쏟아냈다
전쟁 폐허 딛고
거제도 피란민 수용소 거쳐서 서울까지
바람 흔들어 깨우며
주섬주섬 고향을 이고 바람 따라 달려갔다

통일을 오래오래 마음 깊이 삭혀 두고 살던

어느 날
이산가족 상봉도 눈치 채지 못하고
통일을 자식에게 맡기고
낮은 몸짓으로 무덤까지 고향 안고 떠났다
'사랑하는 어머니는'

아스라이 피어나는
피란길 어머니 목맨 목소리 철조망 건너
고향 길로 싱싱 달리고
창밖엔 부질없이 봄비가 주룩주룩 내려
어머니 생전 모습은
서른 살 젊은 나이로 되돌아가고 있다

　　　* 조정권의 시 「같이 살고 싶은 길」 인용.

운명의 시간은 침묵이다

1만 4천여 명을 구조한 기적의 배
빅토리호 신화 주역은 기네스북에 등재되었다.
중공군 인해전술로 흥남부두까지 쫓긴 미군 10군단 사
령부
맥아더 장군 명령으로 흥남 철수 그날을 기억하리라

"마실 물도, 화장실도, 끼니도, 추위도 잊어버리고,
남동생 젖 물려 내 품에 꼬옥 안았단다. 총알이
머리를 수백 번 스쳐가도 자유를 찾아서 남으로
온 가족이 빅토리호에 의지하고 왔단다."

산등성이 보금자리 틀고
산 동무, 밤 동무와 친구 되신 부모님 음성
매년 6월 25일마다 더욱 선명하게 들린다

죽음의 공포 앞에 자유를 만나
삶의 터전 마련한 경상남도 거제시 거제포로수용소 근처
이산의 아픔 북쪽을 향하여 비・바람에도 우뚝 서 있다

해마다 통일문학 시 한 줄 그적거릴 때마다

그리움 한줌 바람개비처럼 흔들리고
전쟁 실화 물결처럼 너울거릴 때
기다렸듯이 부모님 추억 챙겨들고
북으로 힘차게 달려가는 중이다

함께 가야할 사람

6·25 동란 65년 되기도 전
한반도가
흥남부두와 피란민으로 출렁거린다

전쟁도 피난도 죽음도 이별도
질곡의 시간 촘촘히 박음질 한
비극의 현장 『국제시장』으로 달려가

서독파견 광부도 간호사도
베트남 파병용사도
이산가족 상봉자도
아버지와 어머니 눈물겨운 피난사도
녹녹히 담겨져 자꾸 자꾸만 눈물이 난다

프랑스 파리의 세느강도
영국 런던의 템즈강도
독일의 라인강도
대한민국 한강도
세계 기적의 강이 자꾸 눈에 밟힌다

피란민 대열 여섯 식구
자유 품으로 탈출시킨

내 아버지와 어머니 기억 매만지며
추억을 다듬어 비우는 작업 되풀이해도
가슴이 저리도록 아파온다

뭉게뭉게 피어오르는 북녘 하늘
구름만 바라보아도 가슴 찡하다
그리움뿐이다

미스 사이공

포탄 소리에 등골이 저려 온다 인연 하나 출렁거린다

수난의 길목에서
6·25 목멘 아우성 소리와
구찌터널 승리가 조용히 객석에서 일어선다
사랑의 삶도 세월이 흘러가면
엇갈리게 끼워진 단추만 같아
비브라토 음성으로 가득 찬 아트센터에 쌀쌀한 바람이
분다
주옥같은 삽입곡
"You Are Sunlight And I, Moon"
심장 파고드는 불멸의 멜로디
순간순간 시간의 공포로 오장육부 받쳐 들고
저 너머 평화와 자유를 향한 그 길로……

베트남 여인 크리스 킴 부드러운 미소는
거친 사내들 근육질에 버림받아
슬픔은 더 둥그렇다
미국병사 크리스와 비극적인 러브스토리
죽음과 바꾼 눈물겨운 모성애는
세상 허물 벗어 던지고
베트남 정치지도자 호치민 숨결도 함께 달려 나온다

6·25 사변 60년 사이에 두고
베트남 전쟁 상처 더욱 얼룩져
호국 영령은 충무 아트센터 공중에서
말없이 우리보다 먼저 통일을 꿈꾸면 편히 누워 있다.

　　* 세계 4대 뮤지컬: 레미제라블, 오페라의 유령, 캣츠,
　　미스 사이공.

블라디보스토크, 동토 땅을 밟으며

부둣가
쇠망치 두드리는 소리가
중고 대우버스 속으로 잠깐 달려들었다가 자취를 감
춘다
일제강점기 허기진 몸으로
조국 등지고 스쳐 간 그 자리
강렬한 햇빛 투덜대고
실체 없는 바다 풍경 걸어 다닌다
군복 입은 사내가
미소 한 방울 흘리지 않고
부동자세다, 그 이름 러시아
오래전 함께 했던 후질 근한 시간
감겼던 태엽 풀고
독립 위해
궁핍 떨치려 청춘을 몽땅 버렸다
설 자리 없었던 실향민
연해주만주 거쳐 새 삶터로
끈질기게 살아온 사람들
거목처럼 허수아비처럼 스쳐간다
유랑도 독립도 청춘도 바꾸지 못한 한恨
희망 달아 주고
러시아 하늘 아래 큰 박수를 쳤다

바람처럼 살아온 유랑민
연변조선족자치주의 숲으로 새로운 길 열려
백두산 천지 풍경
용정길림장춘하얼빈상해 불꽃 힘껏 당겼다
아아 대한민국은 참으로 위대하다

눈물로 핀 꽃이여

식민지 여성사를
한 번 들여다보면
한숨이
찬란한 이름값을 묻지 않아도
슬픔이
밀물처럼 밀려오고
한 시대 넋 잃고
거칠게 살아온 여인을 하늘은 안다

일본군 위안부 상처 딛고
섧게 울다가
광목 치마저고리에
얼룩진 눈물 꽃
뿌연 외로움으로 에워싸는데
시계바늘은 자꾸만 나른한 오후를 끌고 간다

전 생애
아픔으로 시달림 받은 여인이여,
죽음의 길 길어 올린
한 줄 이력서 살아 숨 쉬고
나무껍질 같은 온몸에
한탄이 흡혈귀처럼 파고들 때

창문 틈 사이로
고향 어머니 향기가 바람에 떠밀려 온다
잠시
국경 넘나든 반짝이는 별
희망 뿌려놓고 지나가지만
부채살 퍼지듯 퍼지는 악몽
모세혈관 속을 바삐 지나간다

하나원* 새터민 스케치

여기 오늘
인생의 길 바꾸는 솔올 성당 언덕 통로엔
환영인파 박수소리 출렁거리고
재財테크
휴休테크 공존하는 세상
토막잠조차 해결하기 힘든
갈라진 민족의 아픔 오늘 만났다

하느님 사랑으로 따스하게 맞아
밤새워 웃고 울고
북한 생활사 고스란히 귀 기울여 듣는 순간
예수님, 광야 유랑생활처럼
내 어린 시절 흥남부두 떠날 때처럼
그와 나는 통일을 담보하고 살아가는 한민족이다

차가운 밤하늘에
굴곡 많은 시간 썰렁하게 챙겨 들고 찾아온 곳
불빛 같은 용기와 희망 심어준
2009년 2월 19일
1박 2일 함께한 하나원 새터민 친구

"가장 작은이들 가운데 한 사람에게 해 준 것이

바로 나에게 해 준 것이다." *

만남의 여정은 풍성하다
만남의 은총은 사랑이다

    * 하나원 : 경기도 안성에 위치한 북한 이탈주민 정착지
      원사무소.
    * 마태복음 25장 40절 인용.

금강산 만물상에 올라

어둠 뚫고
밝아오는 산을 보아라
가던 길 멈추고
가만히 숨 고르며
위선 비워내는
겸손한 산을 보아라

해 뜨는 아침
산 빛을 보아라
불그스레 홍조 띤 안개구름 마주하며
고요 속에 산을 보아라
가끔 침묵의 산 빛을 보아라

반은 버리고
반은 채우는
산 빛을 보아라
미련 없이 떠나는 매혹적인 노을
붉은 카펫 깔았다

붉은 카펫을 흠뻑 깔았다

제2부

비움으로 빚어 가는 이야기

바다 품에 안긴 섬, 다음에

국토 최남단 마라도가
고개 치켜들고 하품하는 순간
바위와 파도가 치열하게 싸움 한다
하지만 또 다른 세상 펼쳐지는 사이에

바다는 아름다운 삶이다
그리움을 아는 바다다

내딛는 발걸음마다 그다지 크지 않은 면적 위를
보이지 않는 바람과 걸으며
인터넷 포털 사이트 '다음' 아닌
홀로 떠있는 외로운 섬을 '다음'에 그대와 함께 온다면

외로움에 길들인 마라도와 깊은 잠에 빠져들어
태양의 높이를 잴 수 없듯이 사랑을 만끽 하리라

인생은 그렇게 지나가는 것
세월은 이렇게 보내는 것이라
쉼표가 떠난 후 마침표 얻은 그곳엔
한 여인의 나지막한 목소리
파도와 함께 출렁거린다

조용한 풍경소리

시퍼런 젊음이 새색시처럼 서 있다
한 남자를 사랑했다
한 남자를 사랑했다고
- 하여 -

분만실 풍경화 몇 점 들고
쾌락의 증표 무중력 되었다가
눈언저리 모여든 세포들 그런 강을 건넜다
온 육체의 문 열고
닫힌 순간
사랑하는 사람 한 뼘 피부로
내 젊음 가득히 안고 살았다
세월의 파편들 흐느적거릴 때
안개바람 헤치고
젊은 근根 어둠 뚫고
서서히 지나가고
길 위엔 고목이
나이를 풀어 놓았다
어제보다 더 늙었다는 순간
먼 길 돌아온
그 짧은 순간 신호음소리
어슬렁거린다

이모티콘

– ♥☆♣♬^0^ –

세 자녀 얼굴 반짝거리는 액정화면 위로
농축액 같은 끈적끈적한 사랑 인사 한다
가끔
그녀는 추억 속에 자주 녹아들어가
젊음을 잔잔히 매만진다

이미와 아직 사이에

태아시절부터
이미 사랑의 양분 듬뿍 주었던
넌
세상에서 유일한 혈육의 시초다

태초부터
속삭임의 시작은 생명의 탯줄을
잉태한 날 사랑의 숨소리부터다

아직은 때가 아니다
내가 너에게 사랑의 눈짓 시작한
그날부터

넌
내 사랑과
이미 받았던 사랑을
나누기 시작하고
아직도
그 사랑 나누기 위해 아장아장 걸음마를 걷는다

넌 내 사랑을 받고
넌 네 사랑을 나누어 주면서

이미와 아직 사이를 오고가며
사랑을 습득하는 실습생이다

나와 넌
이미 방패막이 되어 준지는 오래되어도
아직은 연약한 가지처럼 위태로운 사이다
이미와 아직은 사랑의 금錦 긋기다

가족 연가

가을 햇살 서해 바닷가 갇혔다가 일어서는 날
가을 향기 담아들고
다시 탄생한 가족끼리 길을 나선다

한 톨의 쌀이 밥상에 오르기까지
여든 여덟 번 농부의 땀과 손길 거쳐야 한다는
쌀 맛 나는 세상 아니라
살맛나는 세상 흔들리는 서산 간척지와 천수만 지나
세월을 자랑한다는 안면도 청청한 소나무 틈을 통과
하면
바겐세일 인파처럼 석양이 밀려와
붉은 단풍처럼 뜨거운 마음으로 손잡고 간다

고마운 가족들
소중한 식구들
뿌리에 줄줄이 매달려 있는 감자식구처럼
어떤 만남에도 기쁨이 섞여

가족과 가족끼리
포근한 하늘과 만나는 날
가을이 걸어가는 날
가을은 아무것도 아무것도 묻지 않고

침묵으로 낙조를 향해 서서히 걷고 있는 날

사랑으로
배려하는 마음으로 걸어가는 우리 가족
서로 힘이 되고 둥지가 되어 미소 지며 걸어간다

여름, 풍류에 젖다

구름 한 점 없는 제주 하늘 머리에 이고
촉촉한 풀 향기 따라
늙을수록 단단해 지는 나이 옆에 끼고
올레 길을 걷는다
출렁대는 파도소리에 아집 씻어내며
보이지 않는 내 마음 반쪽과
노을 등지고 본 내 속마음 반쪽 들고

거침없이 뿜어대는 어부들 거센 사투리에
어물 손질하는 억센 아낙네 손등에
뜨거운 삶의 열정 불러일으키고
아주 옛날
거센 파도가 오르내리던
저 해안가 낮은 언덕 따라
해진 검정고무신도 저 길을 걸었으리라

간세*처럼, 놀멍, 쉬멍, 걸으멍
따뜻한 기억으로 살갑게 다가오는
내 고운 삶터는 다시 평화로운 길 향해
채우고 비우는 새로운 인생의 산을 오르며
얼굴에 화사한 주름 꽃 피웠다
바다를 끼고 쉼 없이 걷노라니

노을빛마저 한 발자국씩 파도를 딛고
처녀 같은 수줍은 표정으로
뭍으로 뛰어나와
새침하게 서서
구불구불 올레길 풍경을 안내한다

     * 간세처럼: 조랑말의 상징으로 게으름뱅이 혹은 느릿느
       릿을 표현한다.

낙엽

한 줌
거름으로 남기 위한 투쟁

가을 소리

'반정 가는 길목에서
누가 날 불렀다니까'

시루봉[*]의 하루

붉은 핏물 너널거리며 불길 속도만큼이나
제 몸 불사르고 싶은 열정 질질 끌며
낭떠러지 절벽사이로 투신하는 찰나
가을바람 얼굴 후려치며 지나간다

너는 그렇게 갔지만
나도 그렇게 가야하는
이순耳順 어깨에 메고
백두대간 어느 모서리쯤을 지나
평생 붙들고 살아온 욕망 산속으로 밀어 넣고

저마다 다른 길로 살아온
앞서거니 뒤서거니 내통內通하는 그 샛길로
사랑을 들고 오지 않으면 들어갈 수 없는
삼 형제봉 정상 너머
제 몸속 수분마저 빨고 있는 클크버섯
내 손끝에 날刀 세워 물어뜯는 순간
산과 계곡 사이 숲들은 곡哭을 한다

사랑의 미소 한 점이라도 꺼내놓거나
배려하는 마음 하나 뽑아내거나
갈등 없는 화해 부려놓기도 전

무덤덤한 양심만 슬그머니 산야에 버리고
단풍 등지고 먼 길 걸어온 날
푸짐한 시詩 한 그릇 지어
시루봉 산신령에게 속죄하고 싶은 날이다

　　　* 시루봉 : 주문진읍 교항리 삼 형제봉 정상.

魂불 밟으며 원고지 속을 걸어 나온다

전주, 그 집 앞
공터에서
떠난 자를 그리워하고
잠시 잊은 것을 기억하며
바람의 집을 만나고
안주하며 살았던
흔들리며 살아왔던
침묵이 두렵던, 오래 전부터
떠나면서 살았던 그를 만났다네
이봐, 놀라지 말게나
문학관 유리창 너머 햇살 한 장 지고
누우런 원고지 속에
잃어버린 초상화 나란히 앉아 있다네
수북한 시간 탕진하며
죽은 자의 추억 밟는 순간
무너진 기억 아슴푸레 보이는구려
장작불같이 살다가
모닥불처럼 사라진 쓸쓸한 생의 경사景死
경기전慶基殿* 뜨락 위에서
칭얼거리는 음성 들려
가슴에 조금씩
조금씩 회한이 젖어들었다네

그녀는 조용히 젖은 길을 걸어가고 있다네

　* 최명희의 장편소설 『혼불』 인용.

그해, 봄의 기쁨

아파트 베란다에 졸고 있는 화분마다
내 숨결 불어 넣는다
이른 아침마다 사랑을
대낮엔 태양이 춤추다 들리고
밤에는 어둠과 바람이 적당히 놀다 간다
시간이 조금씩 흘러갈 때마다
자고나면 쑥쑥 자라나는 화초들의 행진
사랑도 그러하리라

어느 날
꽃들의 삶 찬찬히 들여다보면
쏘~옥 연둣빛 두 잎 신고식 하고
날이 거듭할수록
내 안에 내 길이
내 사랑 활짝 열려 함박꽃처럼 피어난다

사랑 때문일까
부엽토 때문일까
햇볕과 바람 때문일까

내 입김 불어 넣어준 봄 향기는
포도송이처럼 주렁주렁
온통 집안을 살찌운다

갈색 유혹

선자령 등에 지고
성큼 성큼 걸어 내려오는
갈색 풍경은
허물어진 주막 빈터에
살짝 내려앉아
익을 대로 익은 오후를
채색하고

시간의 터널 지나
마른 풀잎 사각거리는 사이로
시를 읊고 서 있는
외로운 그림자
시월 山
그곳에 있다

평화의 문 활짝 열어 놓은
저기 저 갈색 능선 위로
문자 메시지마저 구겨 넣고
인생의 산을 오르는 순간
가을이 한 발 먼저
스산한 여인의 마음을
화사하게 물들인다

비우고 나면

속마음
닦아내고 닦아냈더니
부스럼 딱지 되어
떨어진 자리

비움이
서서히
움 트고 있다

제3부

강릉항에서 북평항 사이

강릉항 풍경

하얀 웃음 흩뿌리고
운무가
雲舞가
절인 냄새 풍기고

어찌나 잔잔한지
어찌나 고요한지
어찌나 당당한지
갓 시집 온 새색시처럼
어찌나 얌전한지

비취색 바다가
수줍다하고
어찌나
무표정한지

민들레처럼

강릉 안인바닷가 옆구리에 끼고
안보등산로
진달래 길 사이를 거닐다
문득 진홍빛 생각 나뭇가지에 걸어놓는다

움직이지 않는 뿌리처럼 든든한
천지를 내어주듯
바다 위를 살포시 걸어 다니는 얼굴

투병 후
한 점 두려움도 없이 세상을 다 움켜쥐듯
천천히 때로는 빨리
욕심 없이 신이 부르는 하늘 향해

말하고 싶을 때
만나고 싶을 때
총총걸음으로 눈 부릅뜨지 않고
일상을 내어주며 살아가는

원하는 건
더 가볍게
더 빨리 배려하는 마음으로

하루가 바람 되어
홀씨가 되어 주는 삶
파도에 출렁거린다

남구만 만나러 가다

걸어온 길 멀고
걸어갈 길 짧은 시간
선물이라 생각하고
남은 인생 손질하러
망상 약천* 마을
가을 마중 나간다
역사의 현장
발락재와 장밭長田 바람 삼켜버린
갈대 울음소리
바람의 혼을 감싼다

인내를 수용하는 비문 앞에
조각돌처럼 모아둔 삶
하나씩 풀어내며
가을 속으로 깊이 스며드는
유배지 약천정 기와에 내린 그림자
내일 새벽 눈뜨는 일출도 그러하리라
어디로 가는 길인지
예리한 송곳처럼 파고드는 숙성된 상념
봇물처럼 터져 나온다

수려한 청정마을

약천 팔경 삐죽 뛰어나온 노을마저도
침묵으로 답하는
눈부시게 가을을 수놓는 망상 풍경화

    * 약천藥泉 남구만 : 조선 후기의 문신(1629~1711), 동해
     시 망상동 약천마을에 위치,

삼화사[*] 풍경 속으로

무심히 흔들리는 갈잎
계곡물 흐르는 대로
가을바람 희롱하는 대로 제 몸을 맡긴다
투병으로 아주 힘들 때
허물어진 마음 삼화사 철불 좌상 앞에
담담하게 내려놓고
나를 다스리는 찰나 멈춤을 배운다

얼룩진 불순물 질질 끌고
낮은 포복으로 물길 따라 긴 어둠 속으로
질주 하며
말하지 않아도
가슴으로 들어와 앉는 묵언
소리 없다
혈관 속 맑은 피가
붉게 물들였다

질긴 힘줄 여리게 돌긴 도는데
여태 것
몰¿ 랐 ¿ 다

말 할 수 있는 것도

말 할 수 없는 것도 모두 추락 중이다
열반으로 들어가는 짧은 삶은
먼 길
먼 바다다

풍경을 보는 순간

* 삼화사 : 강원도 동해시 삼화동 176번지 위치한 사찰.

아름다운 날

잔잔한 바다 끼고
평화를 안보등산로로 유인 한다

그저 바라만 보아도
마음 열리는 산길에서
들깨꽃처럼
고소하게 익어가는 가을 밟으며
사랑은 단풍처럼 빨갛게 익어간다

하늘문[*] 가는 길목

문명의 소음 벗어나
고요를 잡고 무릉계곡 걷다보면
피를 수혈하듯
원색적인 일상 즐비하게 펼쳐져 있다

청옥산·두타산 암벽 태양에 절여있고
쌍 폭포 도란도란 지껄이는 소리마저
튼튼한 육질 묵호바다처럼 싱싱하다

하늘문·관음사 가는 길목마다
단풍잎 눈물처럼
뚝뚝
능선 아래로
끼리끼리 손잡고 뒹굴며

붉은 카펫 깔아놓은
골짜기마다
사랑도 시간도 산길 닮아
환희를 흥정하고 있다

    * 하늘문 : 동해시 무릉계곡에 위치

혼자라도 외롭지 않은 논골담길[*]

심신이 새로 깨어나는 바닷가 몇 구비 돌아
검은 호수[墨湖]가 훤히 내려다보이는 산등성이에
맑은 인심 향 피우며 외로이 앉아 있다
폭풍 밀려오는 날
골목길 슬레이트, 양철 지붕 들썩이는 소리
귀에 담아 본 사람이라면 안다
빨랫줄에 걸어놓은 오징어 비릿한 냄새
맡아본 방문객이라면
구태여 썰렁한 동네라고 설명하지 않아도
묵호항 어구 문살마다 새겨진 삶의 볼륨 그대로
몸속 깊이 펴고 걷는다
인기척 숨어버린 낯선 골목길 벽화사이로
희망 노래하지 않아도
화려한 원색 그림 손 흔들고 반기는 곳
토속적 바닷가 풍경 밤[夜]의 전성기 선전하고
살아 숨 쉬는 행복 줄줄이 사열하고 있다
고단한 하루 상실되는 카멜레온 같은 골목길
쉬엄쉬엄 길 따라 나서면
추억이 살며시 자리 잡는다

* 논골담길 : 묵호항에서 등대로 올라가는 길.

新 논골담길

논골담화 마을엔 즐거움이 있다

자석처럼 끌어당기는 관광객 틈 사이로
가난과 희망은
적빈赤貧을 노래하지 않는다

잊혀져간 등대오름길에서
"길거리 개도 만원을 물고 다닌다."는
골목 안 유머도
삶의 여유 더하고 있는 순간이다

꼭 가보고 싶은 동네
함께 떠나고 싶은 골목길
휘돌아 벽화와 악수를 해야 될 것만 같은 풍경화

서툰 아낙네 말솜씨
추억 하나씩 꺼내 놓으며
어눌하지 않은 풍경 등 뒤를 더듬으며
양파껍질 벗기는 동네

신 논골담길 벽화는
세월의 강을 안내한다

소망을 저울질한다

정동진에서 묵호항 사이

이른 새벽 솟구치는 정열
수평선 위로 발기를 시작하면
여행객 압도하는 함성 널려있다
후미진 골목 사이에서 들려오는 추억의 선율
안단테로 느려지는 정동진역 기적소리와
지나치는 계절 싣고
묵호항으로 길의 길을 연다
아우성거리는 좌판 위
목청 한 옥타브 올려놓고
말하지 않는
내놓지 않아도 좋을
따뜻한 세상 풍경
파도 위에 불을 붙이고
묵호항 어시장은
새로운 희망으로 날아오른다
쿡 찌르면 이내 손끝에서 터질 것 같은 어물
금지구역 팻말 세워 놓고

"만지지 마세요."
"傷한답니다."

추암 연가·1

해 뜨는 신새벽 창 열고
옥처럼 맑은 파도 샘솟는 곳 찾아가보셨나요
억겁의 세월동안 태양이 수없이 뜨고 져도
파도에 부서지고 깨어져도
잠이 덜 깬 삶의 여운 흔들어 깨우는 청량제인 곳 말이
에요

촛대바위를 아시나요
거센 파도 일렁거리는 날에 말이에요
추암에 가 본 적이 있으시나요
파도소리 요란스러운 날에 말이에요
13세 소년 성장통 앓듯 몸부림치는 그곳을

일출과 일몰 사이 바닷가 모래사장에 서서
쉼표 하나 쿡쿡 찍고
이삭 줍듯 희망 한줌 건져 올리셨나요
관광객 모두가 열병 앓는
사랑이 기지개 활짝 피는 바닷가 말이에요
꿈과 젊음이 입 벌리고 있는
그곳 말이에요

추암 연가·2

쪽빛 바다 손짓하는 망상 지나
구경거리 질퍽하게 널려있는
천곡동굴지나 추암에 가면
무딘 마음 예민해진 수평선이 있다
겨울 굴러가는 소리 소리가
투명한 분노의 눈빛으로 줄줄이 자리 잡고
퍼어렇게 퍼어렇게 허기진 마음
광란의 춤을 추고 있다

그 어느 하나 새롭지 않은 날 없었던 뒤안길
촛대바위 전설 안고 너울거리며
비상구가 열렸다
겨울 밤 깁고 있는 세찬 바람
바람만 허리 잘리어 울고 있다

깔깔거리는 세상일 지워 버리고
찾아왔다 겨울 눈발
스르르 만나
분다, 바람이

을씨년스러운 어둠 헹구는 시간 헌납하고
방랑자 묵객 즐겨 반긴다
넌

북평 장날 방문기·1

희미한 가로등 불빛
날 새고 나면
황토빛 인정 서려나와
봄을 팔고 있다
제각기 좁은 공간 비켜 앉아
몇 번씩 임자 바뀐 자리
기다리는 시선
희·비극이다
홀로 부서지는 시간만큼
발길에 툭툭 걸린
햇살 밟는 장터 풍경
생생한 통증이다

젊은 날
당당하던 그 외·침 사라지고
늙어 수척해진 마음, 마음 보듬고
씀바귀 같은 여정 입맞춤하고
봄나물 나란히, 가지런히
부활하고 있는 장터 풍경
순간,
헐거운 마음 배회하고 있다

북평 장날 방문기·2

숨 가쁜 격동기 I·M·F 지나
북평 항구를 관통하는 장터로 떠나야겠다
온기를 불어 넣어주는 골목·대로변마다
구경거리 질퍽하게 펼쳐놓은 풍경 한 점 들고
세월과 동행하고
사람과 사람들 사이 헤집고 들어선 마늘 잔치
보기만 하여도 동해시 인심 넉넉하다

싸게 살 때는 싸게 산대로
비싸게 살 때는 비싸게 사는 대로
억울하지 않은 풍경잡고
잠시 쉼표 찍힌
장터와 장터 샛길은 온정과 희망 넘쳐흐른다

오늘도 사람을 만나고, 또
스쳐간 인연과 이별을 하며
장터의 풋풋한 풍경 좋아서
햇살도 더 밝게 길을 떠나는 순간
눈앞에서 서서히 멀어지는 노파의 뒷모습 애잔하다

제4부

.
.

가을 햇살이 곱다

초춘初春

산 중턱
고로쇠 물 향기
안개 바람 털어내며

어제보다 몇 발자국
먼저

초록 풍경 매달고
봄볕을 키우고 있다

꽃등불

성큼 성큼
추위를 뛰어 넘어
밤낮없이 달아오른
등불처럼

와르르 쏟아져 내린
그렁그렁 눈물 같은
연분홍 꽃잎

경포호수에 들어 앉아
꺼지지 않는 꿈 하나
풀어 놓더니
꽃이 되고 사랑이 되네

청춘을 담근다

봄 향기 내려앉은 찻잔 속에
아지랑이 가슴 뛰는 소리 요란하다

탄광촌 마을
강원대학교 도계캠퍼스에서
애벌레를 거쳐야만 나비가 되는 것처럼
새로운 도전은 무한한 에너지이다

꿈을
끼를
깡을
마음을 디자인하는 곳
소통을
분노를 삭이는 곳
내일을 걱정하지 않는 젊은 청춘의 힘

그곳엔
인생을 조절하는 내비게이션 달고
홀리고 당기고 거닐며
봄기운 따라
신비스런 학문을 만난다
쟁취한다

하늘 정원에서 만난 꽃길

한차례 꽃샘추위 휩쓸고 간
능선마다
산마루 덮는다지, 철쭉꽃이
추억은 더 강렬한
추억 불러 모아
철쭉제 백미白媚이라지
운무는 이별 손짓하고
철쭉 만발한 천상 화원
꽃 없는 꽃길
꽃길 아닌 꽃 터널
들불 타는 인파에 밀려
추억 한 줌 포복하고 있다지
가끔, 아주 가끔씩은
한 잔 커피와
한 모금 소주에
속아
머물렀다지

인스턴트 미소 없는
하늘 정원
소백
山

통영 앞바다

짙푸른 바다 품고
영겁의 시간 층층이 새겨진 남쪽 따라가며 보라
그을린 이마 땀방울 송송
열렬한 고독 자근자근 씹고 있는

날씬한 허리 감고 돌아
생명의 서곡 젖줄 되어
으스러지도록 조국 그리워
들꽃처럼 시詩가 피었다

통영 바닷가
유치환 생가터 언덕에 앉아
『생명의 서』 몇 구절 기억하며
주절주절 얼레 풀고
쓰린 고통 낡아 빠진 운명
환장할 것 같은 분노와 슬픔도
푸른 바다에 쏟아 붓는다

너는 내게로
나는 다시 네게로 나비가 되어 사라지고
들꽃 한 송이 입 벌리고 낮을 밝힌 오후
그대 발자취 빗발치는 햇살에 눈부시다

가을 햇살이 곱다

가끔은 솔숲이 그리울 때가 있다

머물고 싶은 풍경에 이끌려
강원도립대학 솔밭에 서면
넉넉하게 수문장으로 서 있던 소나무
적요의 옷 입고 활보하며
사라지지 않고 맴도는 가을 손질하고

청송 숲 교정에는
무뎌진 이성을 닦아내고
탄탄한 실핏줄 질주하는 젊은 혈기
추풍 따라 펄럭거린다

때로는 주문진 바다가 그리울 때도 있다

숨을 고르고
진리를 가다듬고
맑디맑은 솔향기 뒹구는
해와 달과 별을 안고
불끈 희망 들어 올렸다

출렁이는 파도 소리조차

성큼성큼 세상 속으로 걸어 나와
젊은이 어깨 위에 차고 넘쳐
가슴 활짝 열어 보인다

KTX 타고 대관령 넘어 가자

떠나야 한다
산중턱 초가집 불빛 어느새 멈추고
한 줄기 태양 서성거리는 설원으로 달려가자
외로운 폭설과 바람 만나는 백두대간 중턱에
바다와 호수가 초침과 같이 동반하는 도시로

푸른 소원 들고
솔향 강릉으로 가자
세계가 요동치고
한반도가 춤을 추는
대관령 너머
우리 모두 강릉으로 떠나자 떠나가자

사임당·이이 불러주는 오죽헌 대숲소리 들으러 가자
선교장 방짜수저 두드리는 소리 들으러 가자
가시연꽃 피고 지는 습지공원 지나
오문장 우뚝 서서 길 맞이하는 난설헌 생가터로
가자, 떠나가자
솔잎 향기와 문향 향기가 어우러진 도시로 달려가자
꽁꽁 언 횡계 땅 너머로

떠나자

떠나가자
푸른 소원 들고
우리 모두 솔향 강릉 땅으로 가자
KTX 타고 가자 떠나가자

당신이 있기에 행복합니다

당신이 있기에 행복합니다
당신이 있기에 유쾌하게 살아가고 있습니다
당신은 나의 반려자 나의 동반자입니다
당신은 가격이 비쌀수록 인기가 많습니다
당신은 모든 이에게 사랑을 받고
모든 사람들이 함께 지내고 싶어합니다

당신이 있기에 참 행복합니다
해외로 떠난 친척과 친구 근황도 순간순간
전 세계 풍경과 당신과 주고받는 대화도 사진도
모두가 당신 덕분입니다
당신이 있음으로써 심심하지 않습니다 외롭지 않습니다

당신이 있기에 너무 행복합니다
당신을 통하여 긴급 특보, 뉴스를 만나게 됩니다
당신이 있기에 기상예보를 재빨리 알 수 있습니다
당신 덕분에 학문과 지식을 순발력 있게 접하게 됩니다
당신 덕분에 카카오톡을 재미나게 할 수 있습니다

당신 때문에 게으름을 피워 손해 볼 때도 있습니다
당신 때문에 잠을 설칠 때도 있습니다
당신 때문에 눈살이 찌푸릴 때도 있습니다

당신 때문에 매달 지출이 많아졌습니다
당신 때문에 가족과 친구와 대화가 적어졌습니다
당신 때문에 쓸데없는 시간을 소비하게 되었습니다

당신은 어린이, 청소년에게도 인기가 많습니다
당신은 만인의 연인이며 친구입니다
솔향기가 솔솔 풍기는 당신 이름은
휴대폰에서 다시 둔갑한
요술쟁이며 카멜레온 같은 스마트폰
스마트폰, 스마트폰입니다

섬이고 싶다

은둔자 매력 지닌 바위 옆에
빛바랜 통통배 깃발
정신없이 흔들리오
나이테 선명한 적송처럼
출렁이는 물결 사이로
송시열 숨결
히끗히끗 흘리는 해남 보길도에서

보길도 그 길을 걸어가다 보면
새벽 밀치고
떠오르는 태양처럼
주름진 세월 흠집 바위 위에 너널거리고
해체된 영혼 외출중이다

섬 속에 떠다니는 객홀이여
눈높이드니 지척에 넓은 바다 물결 위에
시 읊는 소리 더욱 그윽하다
저항은
한줄기 파도소리 흔적이다

영상과 영하 사이로

영하 16.4도 강추위 견디어 온 탓일까
영하 9도 추위는 푸근하다고 느끼는 요즈음
먼발치에서 허물어지는 지구온난화를 본다

불가능한 것의 가능성 자연보호
가능한 것의 불가능성 자연파괴

체감온도 영하 21도와
불볕더위 영상 37도 사이는
척력斥力이다
인력人力이다

삶의 힘을 주는 촉진제다

제5부

베들레헴에서 예수를 만나다

맨발의 수행자

거대한 와불臥佛 부처 앞
맨발의 수행자와
바람 한 점 만나는 순간
슬픈 듯 깊은 그 눈망울
부처의 비원 담겨 있다

미움 없는 이 세상
분열 없는 가정을
바람처럼 떠도는
천륜 저버린 아픔 내려놓는
치유의 열반 눈길 당긴다

그윽한 미얀마* 부처 미소 앞에서
수행의 아름다움 훔쳐보는 순간
번뇌를 날리고 또 날려 보내고
두 손 모아 선정禪情에 잠겨
부드러운 바람 만나보면
내 몸 어딘가 부서지고 있을까

> * 미얀마 : 버마 연방에서 1989년 미얀마 연방으로 변경.
> 미얀마는 '빠르고 강하다' 뜻이다.

그때, 나를 기다리는 갠지스강

아무것도 보이지 않던 투병 중에
희망이라 할 수 없는 죽음 앞을 지나
걸어 갈 수 없던 절망 가운데에서도
파멸의 순간 힘차게 걷어내고
삶의 숙제 하나 풀기 위해 떠났습니다

길 없는 길
과속도 추월도 없는 길의 길
신발 없는 맨발의 길
말 없는 침묵의 길
듣는 이 없는 길을 걸으며
기억의 창고를 깨끗이 클릭 합니다
멋진 세상보다
멋진 경험이 찰나의 황홀경 만나게 한
어둠과 안개 몰아내는 새벽
예전에 올 수 없었던 먼 길
그저 우연히
힌두교 삶을 볼 수 있다는 소문 듣고 돌아온 길

바로 그때

갠지스강가 안개 속 희미하게 비친 불빛 한 줄기와

화장터에서 내뿜는 연기를 끌어안고 만났습니다
내가 태어난 것은
기쁨과 희망을 간직할 수 있는
세상의 모든 자연과 환경을 잘 받아들이라는
암시의 찰나였습니다

나누며 살아가는 것은
타인의 마음을 이해하고 배려하는 것은
사랑의 선물임을 알았습니다
내 삶의 숙제 하나 하나 풀어가며 돌아온 그 길은
고뇌도 길이 들면 기쁨이 된다는 사실입니다

빛이 밝으며 마음도 밝다

북섬과 남섬을 여행하는 사람들은
최선을 다해 시야 넓히기 운동을 시도해야 한다
최선을 다해 건강을 유지한다거나
최고의 유명메이커 의상 걸치고 활보한다거나
최상급 요리로 허기를 해결하거나
최고급 쇼핑센터서 물건을 고른다거나
최선을 다해 앞장서서 여행 관람을 하며 웃는다거나
최고의 경치를 즐긴다든가

오클랜드와 로토루아에서
낯선 유황 냄새가 코를 찌르며 민감하게 행동하거나
북동부 연안 크라이스트처치 해글리 공원에서나
와카티푸 호수와 번지점프 천국 퀸스타운에서도
1만 2000년 전 빙하가 밀려와 형성된
국립공원 피오르드랜드 내 밀포드사운드에서
태양이 머리 슬쩍 내미는 순간이거나
눈으로 즐기고 가슴으로 설경을 끌어안거나
황홀하게 자연을 저장하고 돌아서야 한다

그 속도 너무 빨라
한 남자와 수시로 나누는 대화 사이로
바람 한 점

햇빛 자르고 벼랑길로 낙하하고
최초의 만족을 만끽하고
최고의 놀라움으로 관광지 명소를 문신으로 새겨 넣
는다
최선을 다해
최초로 내 몸 태워 높은음으로 소리 지른다
그대에게 기대어
그대와 함께
그대 품안에서
그대와 하나 되어 길의 길을 걷는다

하늘도 푸르고, 조각품도 푸르다

아 아
생면부지 노르웨이 땅에 와서
숲과 시퍼런 청동 군상 행렬 주시하는 순간
내 안에 잠재된 본능 발동하여 감성 따라 환호한다
복잡한 철문 상형문자로 민족의 혼 그린 선의 예술
이 땅 역사가 묵은지처럼 묻어나고
미처 보이지 않던 삶의 먼지들이 일제히 차렷 자세다

조용한 혼돈과의 만남
하늘과 땅 사이 채워진 것 모두 조각품
내 마음도 조각품 닮아
장인의 손 잠시 탐하고 싶은 찰나
아름다움 내안에 채워져 심장은 터질 듯 부하상태다
비겔란 오슬로 사랑에 잠시 빠져들다
모노리텐(Monolitton) 동작과 표정 황홀경이다

탄생과 고뇌와 갈등
사랑과 증오
죽음과
다시 탄생의 마침표 꿈틀꿈틀 움직인다

인간이라는 사실에 대한 감탄

이 거대한 조각공원에서 독한 마음 담아보는 낮
이 어두운 밤에 비켈란 초상화 탐하는 밤
이 밤 청동군상 되어 하늘 위를 둥둥 떠다니며
착란 증세 발동한다

모든 것 내려놓고 무릎 꿇은 겨울산처럼

느린 미학의 거리에서

수채화 길 활짝 열린 모짜르트 생가터를 노크한다

찰랑거리는 바람결 잡고
불끈불끈 힘 솟는 거리에서
내 심장 박동은 열정을 싣고
피가로의 결혼과
레퀴엠 그 사이로 신호음을 보낸다

여리고 수줍은 천상 목소리 환영 받으며
이름만 들어도 훈훈한 거리에 잡혀 활보하는 순간
우리가 사랑해 왔던 그 세월의 길로 걸어
다시
우리가 걸어가야 할
그 사랑의 길로 걸어가며
오늘도 음악을 만나고
음악소리와 함께 헤어지며
묵직한 열기 들끓는 찰스부르크 성을 향해
몸을 던진다

블래드* 풍경

풍경이 우리를 놓아주지 않는 길을 걷는 순간
아침 햇살 품은 비취색 호수 수정처럼 맑다

어깨가 자유로워지는 날
어제보다 맑은 오늘
그대와 걷는 호숫가
가슴 한 편에 저장하는 순간

물안개 아름답게 일어나다가
고요 속에 사라지다가
화살처럼 빨리 지나간 그 길처럼

신의 손길 닿는 곳마다
하늘 문 열리는 곳마다
수줍은 첫사랑 새싹처럼 움트고

풍경 속으로 잠입하는 순간
만년설 속 빙하호수
회상과 기쁨의 충돌이다

* 블래드: 발칸반도 북서부 슬로베니아에 위치한 빙하
호수.

라만차 풍차마을로 가다

이 시대 아픔도
울컥거리며 내뱉는 언행도
치부도 아집도 접어 넣는 순간
아베리아 반도 모퉁이쯤 말 발굽소리 요란하고
불행한 삶 살다간 돈키호테*와 동행 한다

로시난테 타고
이룰 수 없는 꿈과 사랑
모험과 고난 거쳐
시종 산초 판사와 유랑하며
노래 소리 울려 퍼진 곳
정지된 풍차만 클로즈업 될 뿐
금보다 더 값진 도시는 썰렁하다

캄포 데 크리프타나 마을 한 모퉁이 우뚝 서 있는
녹슨 갑옷과 무뎌진 창끝
덜시네아 기다리는 순간
노을 풀어놓은 저녁 그저 그렇게 졸고
소문과는 전혀 다른 풍경하나 접어들고

　　　* 돈키호테 : 세르반테스(1574~1616)의 풍자소설.

물의 도시

바다로부터 분리되어 흩어진 석호潟湖는 장관이다

118개로 이어진 섬과 섬
400여개 다리와 다리 사이로
미로와 수로가 거미줄처럼 엉켜진 도시에 홀려

셰익스피어의 『베니스의 상인』을
마르코 폴로의 『동방견문록』을
명성 높은 음악가 비발디가
세계적인 난봉꾼 카사노바가
수상 택시
수상버스로
곤돌라로
비좁은 건물사이를
멋지게 물살 가르며 횡보하는

베네치아

마음을 뺏겼다
사랑에 빠졌다

빨간 산악열차

산과 산이 호흡하는 국경 넘어
모자母子가
온몸 떨리는 만년설 만나러 가는 길
100여 년쯤 넘은
초록 풀밭 수없이 오르내렸을 법도 한
빨간 산악열차

뒤돌아서면 수없이 변화무상한 기온 차
카멜레온 같은 정지된 듯한 풍경 잡고
해발 고도 3571m
유럽 지붕 위를 스릴 있게 달린다

남들에게 으스대며 말할 수 있는
융푸라우(Jungfraujoch-Top Of Europe)

산이 불러놓고 심술부리는
누가 오라고 하지 않아도 가고 싶은
한 여름 심술궂은 장마처럼
세찬 눈발 속에 또다른 만년설 만나

폭풍과 눈발 유희하고
눈발과 모자는 연인처럼 사랑 나누며

너와 함께 가자
이 아름다운 이 길을……

칠월은 태양처럼 뜨겁게
칠월은 나무처럼 푸르게

신앙의 장벽

한 역사를 듣고
시원始原까지 거슬러 올라가 보면
사랑의 말은 정지된 상태다

아시아 서쪽 팔레스타인 지역
유대인과 아랍인 정치적 다툼
작은 벽 하나에서부터
거대한 장벽하나다

예루살렘 땅에서
베들레헴 땅에서
사랑을 두고
땅따먹기 시합이다

광야에서
뿔뿔이 흩어져 슬픔 품고
마음의 문 열기도 전에

아브라함도 야곱도 모세도 여호수아도
보안장벽
분리장벽 부수지 못한 채
골 깊게 버티고 서 있는

사랑의 슬로건 바람처럼 사라진 나라
축복 받은 성지에는
통곡의 벽도 울고
십자가도 한탄하며 울고
관광객마저 울고 있는
오직 예수는 침묵이다

신앙의 빛을 만나다

마음과 마음이 맞는
산소와도 같은 동반자와 함께 여행지에 가면
빛나는 시간들이 늘어날수록
사랑의 빛깔마저 더 선명하다

오늘도 사람 수보다 더 많은
성경 말씀 숨 쉬고 있는 예루살렘성지에서
태곳적 신앙의 증거들이
정교한 회색빛 돌기둥에 병풍처럼 펼쳐져 있고
시곗바늘 거꾸로 이천 여 년 전으로 되돌아간다

내 심장 박동소리 잠시 과거로 잠입했다가
다시 타임머신 타고 지금 이 자리에 잠시 머물면
악성 종양처럼 사방에 흩어진 번뇌
광야 올리브 나무 사이로 숨어버린 채
시간으로 빚어낸 성경말씀
지혜의 샘 탈무드
느림의 미학으로 춤을 춘다

시간은 때로는 빠르게
가끔은 느리게 흘러가며
또 다른 존재를 찾아 여행길 떠나

새로운 자유에 대한 갈망
기억 속에 꼭 보듬어야 할 것
선별해 골라야할 것
늘 그랬을 것 같은
항상 익숙해져 있었던 것으로부터
이별해야한다는 것은 항상
아쉽고 그리움이다

바티칸에서 별을 만나다

하느님 창조한 세상은 사랑의 시초다

세속 탈출하여
반짝이는 한 개의 별이 되고 싶다

보이는 것은 많지만
무엇을 보느냐에 따라
사랑의 포토샵은 팔색조다

거대한 우주는
알파요 오메가다

하느님 섭리 끝없이 펼쳐진 시스티나성당
천국의 보물 창고다

구약성서가 천정벽화에서 와르르 쏟아진다

미켈란젤로의 〈최후의 심판〉
레오나르도 다빈치의 〈최후의 만찬〉
천상의 아름다운 유혹에 눈동자 돌리며

영혼의 아픔 전이되기도 전

언뜻언뜻 주님 숨결 다가와

힘겹고 고통스러운 환자들
헐벗고 굶주리는 사람들
서로가 얽히고설킨 길목에 서성이는 사람들
위안의 기도 올리며

사랑을 채집하는 하루가 넋을 잃었다

풍경의 탈주

남 기 택

(문학평론가, 강원대 교수)

1

이산離散은 문명이 인간에게 부과한 숙명일 수 있다. 시간과 공간이 하나였고 성과 속의 구분이 무의미했던 원초적 장소는 문명과 더불어 기하학적 추상의 세계로 변질되었다. 그 정점에 오늘날과 같은 근대적 제도가 자리하고 있다. 전쟁과 광기는 근대라는 제도를 구획하는 핵심 동력이었다. 그 결과 동질성의 공간은 해체되었고, 미분화된 삶의 장소 속에서 인간이 존재할 거처는 부유할 수밖에 없다.

수많은 지적 성찰은 존재에 내재한 이 근본적인 한계를 설명하고 극복하는 데 할애되어 왔다. 문학 역시 예외가 아니다. 인간과 존재의 성찰이 문학에 있어서 가장 오랜 주제 중 하나를 형성하여 왔다는 지적은 남다른 것이 아니다. 문학은 더더욱 사유의 매개인 언어를 다룬다. 삶을 반성하는 사유와 그것을 매개하는 언어, 그 필연적인 연관의 정점에 시작이라는 고도의 추상이 놓인다.

언어와 시의 연관은 단순한 차원에서 성립되지 않는다. 그 관계는 무엇보다 이중적 층위를 지닌다. 사유의 매개인 언어 자체를 가장 경제적으로 다루는 장르라는 점에 있어서 시작의 주체는 범대중적으로 개방된다. 반면 시어는 일상어의 지시적 범위를 넘어서는 데로부터 성립한다는 점에서 이미 경제적 논리 외부에 자리한다. 국내 문학장의 주변부 서정시들이 소박한 언어 재기의 수준을 벗어나지 못하고 있는 현상은 시어의 이중성을 체화하지 못한 결과일 것이며 한편으로 근대시의 장르적 속성이 허용하는 모순과도 같다. 누구든 시어를 다룰 수 있지만 시적 성취는 다분히 제한적이다. 존재의 운명을 다루는 언어가 자신의 본성인 기호 세계를 부정하며 물활을 드러내야 하는 데에 시라는 장르의 역설이 존재한다.

박복금의 이번 시집은 부표처럼 떠도는 삶의 장소성에 주목한다. 시집은 표제로부터 이산이라는 주제를 명시하며 존재의 부박함을 그린다. "흥남부두 거처서 베들레헴"이라는 상투적인 표현은 마치 시인의 인생 여정을 집대성하려는 듯한 야심찬 의욕을 상징하는 의장이기도 하다. 이 시집을 통해 자신의 시력은 물론 개인사의 일대 획을 그으려는 의도를 엿볼 수 있다. 그런 만큼 여행이 주된 모티프로 반복된다. '베들레헴'이라는 이국적이고도 종교적인 장소는 '흥남부두'와 결합되면서 성소를 넘어 디아스포라의 정서를 환기한다. 디아스포라는 식민지 구획으로 점철된 근대의 문학적 실체를 조명하고 현재적 대안을 재구하는 주요 범주로서 여행이라는 소재와 적절히 유비되며 시의성 또한 충분한 화소이다.

여행과 이산은 강제성의 차이를 빼면 이동하는 삶의 장소를 배경으로 한다는 공통점을 지닌다. 이동은 매 순간 운동하는 유기체의 존재 방식이기도 하다. 이를 발견하는 감각과 혜안에는 오랜 경험이 전제될 수밖에 없다. 실로 시인의 생이나 삶의 이력은 녹록치 않은 긴 세월을 배경으로 지닌다. 오랫동안 쌓인 경험과 반성이 시적으로 지양된 결과가 이번 시집일 것이다.

그 긴 숙의가 낳은 시의 여정을 따라가야 한다. 이것이 값진 문학적 경험으로 상승되기 위해서는 양날의 시각을 지닐 필요가 있다. 인생을 여행에 빗대는 것은 잘 알려진 상징이다. 하여 생의 여정이라는 진부한 모티프가 행간에 담고 있는 진지함을 도출할 필요가 있겠다. 좁은 미적 거리를 상쇄하는 시선의 깊이를 의도적으로 견지해야 한다. 박복금의 시편들은 이처럼 순수함의 이면에 날선 감각의 미적 태도를 요구하며 떠돌고 있다.

2

주요한 문제는 앞서 본 이산의 운명과 시어가 결합된 미학적 층위에 있을 것이다. 이 중층의 아포리아 앞에 박복금 시세계는 어떤 방식으로 응답하고 있는지를 염두에 둔 감상이 필요하다. 그간 박복금 시는 전형적인 순수 서정의 세계를 내용과 형식으로 거느려 왔다. 첫 시집 『초당골 바람의 말』(2003) 이래 주정적인 내면의 심리를 결 고운 감각과 일상적 언어로 그렸던 시인은 이번 시집에서도 예의 전통 서정의 시상 전개 방식을 보여주고 있다. 주목해야 할 것은 앞서 언급한 바와 같이 전면적으로 부각되는 여정의 기록 형식이다. 생의 긴 여정은 넓은 자장을 지니게 된다. 이 속에는 이산으로 대표되는 폭력적 운명을 위시하여 구원과 사랑이 현현되는 종교적 각성이 함의되어 있다.

박복금 시세계에서 운명처럼 부과된 이산의 모티프는 한국전쟁으로 피란해야 했던 시인 스스로의 전기적 사실로부터 발단된다. "1950년 12월 22일/ 흥남부두여/ 안녕"(「서시」)이라는 신파조 고백이 이번 시집의 경향을 모두에서 전조하는 징후처럼 걸려 있다. 한국인이라면 누구든 인지하고 있는 흥남철수의 현장에 시인의 유년이 고스란히 놓인다. 이 상처와 기억은 시인의 원체험이자 메인 모티프로서 시집 전편을 관류한다. 흥남부두의 역사적 상징과 운명은 영화『국제시장』(2014)으로 대중화의 정점을 찍은 바 있다. 박복금 시는 예의 이 텍스트에 주목한다.

> 6·25 동란 65주년 되기도 전
> 한반도가
> 흥남부두와 피란민으로 출렁거린다
>
> 전쟁도 피난도 죽음도 이별도
> 질곡의 시간 촘촘히 박음질 한
> 비극의 현장『국제시장』으로 달려가
>
> 서독파견 광부도 간호사도
> 베트남 파병용사도
> 이산가족 상봉자도

아버지와 어머니의 눈물겨운 피난사도
녹녹히 담겨져 자꾸 자꾸만 눈물이 난다

　　　　― 「함께 가야할 사람」 부분

　분단 조국의 현실로 인해 생이별을 해야 했던 사정은 가
족사의 큰 상처일 수밖에 없다. 휴전 반세기를 훌쩍 넘은
지금까지도 지구상 가장 먼 공간이라는 실정적 거리를 지닌
남과 북은 21세기 지구촌의 아이러니로 여전히 확고하게
존재하고 있다. 분단은 개인을 떠나 민족적 상처와도 같다.
영화가 기록적인 흥행에 성공할 수 있었던 이유는 무엇보다
도 한국인으로서 보편적으로 지닐 수밖에 없는 민족적 상흔
을 대중적인 흥미와 절묘하게 결합시킨 까닭이다. 흥남부두
로 상징되는 이주의 루트를 다른 누구도 아닌 "내 아버지와
어머니 기억"의 주체로서 경험한 화자에게 있어서 스크린의
상황은 "구름만 바라보아도 가슴 찡"할 수밖에 없는 구체적
'현실'이었을 것이다.
　이런 정서는 박복금 시세계의 주조를 구성하며 반복된
다. 특히 분단과 실향을 소재로 하는 작품군들이 이산의 아
픔이 각인된 서정의 한 영역을 형성하고 있다. 특기할 만한
장치는 이주와 관련된 기억을 배태하는 묘사의 순간이 역사
적인 시점에 한정되지 않는다는 점이다. 즉 가족과의 이별
이라는 원체험이 다양한 세대 경험의 장에 현재화되고 있
다. 이는 서정적 자아의 트라우마가 추체험의 양상으로 반
복 재현되는 형국이라 하겠다.

추억을 무장한 채
한 여름 무더위와 싸워
어디론가 떠나야 했다
시간을 앞질러
아버지는 돌아오지 않는다

고무줄처럼 긴 그림자 서성이는
골목길 돌아
그리움 질질 끌고 갔다

　　　　　—「담장 없는 삼팔선」 부분

　고향과 가족을 잃은 유년의 경험은 '무장된 추억'을 낳는
다. 그 추억을 매개로 하여 화자의 정서는 혼돈과 모순의
상태를 드러낸다. "어디론가 떠나야" 하는 원심의 잉여와
"돌아오지 않는" 구심의 공백이 영원한 평행선을 그리고 있
다. 그것은 일평생 "질질 끌고" 갈 수밖에 없는 감정의 값이
요 실체 없는 추상의 현실일 것이다. "담장 없는 삼팔선"이
라는 유령의 대상은 이 궁극적 불일치를 형상화하는 한반도
만의 객관적 상관물에 해당된다.
　이처럼 박복금 시의 여정은 분단으로 인한 이산의 장으로부
터 비롯되어 다양한 삶의 장소로 전이되는 양태를 보인다. 이
러한 여정의 기록 속에서 주목해야 하는 점은 장소성의 변주
양상이다. 국내외의 다양한 장소 경험이 이번 박복금 시집의
특성을 드러내는 대표적인 요소인 것이다. 이북을 향한 향수
는 물론 국내의 여러 지역을 장소화하는 미려한 감각은 특별
한 설명을 필요치 않는다. 예컨대 시인의 현재적 삶의 장소인

강원(「정동진에서 묵호항 사이」)을 위시하여 경기(「하나원 새터민 스케치」), 경상(「통영 앞바다」), 전라(「섬이고 싶다」), 제주(「여름, 풍류에 젖다」) 등 모든 지역이 직간접적인 소재로 다루어지고 있다. 여행하는 화자는 자신의 발길이 이르는 곳곳을 세심하게 기록해 놓는다. 이는 원초적 고향을 잃은 실향민으로서 제 발길 닿는 곳 모두가 삶의 거처라는 인식과도 통해 있다. 어디든 또 다른 국토요 또 하나의 고향이라는 시의식을 엿볼 수 있는 시편들이다.

　　장소성의 양상 중 일국적 경계를 초월한 디아스포라의 세계로 나아가고 있는 측면은 각별한 의미를 지닌다. 이 역시 대부분의 소재는 직접적인 여행으로부터 비롯된다.

　　　　북섬과 남섬을 여행하는 사람들은
　　　　최선을 다해 시야 넓히기 운동을 시도해야 한다
　　　　최선을 다해 건강을 유지한다거나
　　　　최고의 유명메이커 의상을 걸치고 활보한다거나
　　　　최상급 요리로 허기를 해결하거나
　　　　최고급 쇼핑센터서 물건을 고른다거나
　　　　최선을 다해 앞장서서 여행 관람을 하며 웃는다거나
　　　　최고의 경치를 즐긴다든가

　　　　(중략)

　　　　그 속도 너무 빨라
　　　　한 남자와 수시로 나누는 대화 사이로
　　　　바람 한 점
　　　　햇빛 자르고 벼랑길로 낙하하고
　　　　최초의 만족을 만끽하고
　　　　최고의 놀라움으로 관광지 명소를 문신으로 새겨 넣는다

최선을 다해
최초로 내 몸 태워 높은음으로 소리 지른다
그대에게 기대어
그대와 함께
그대 품안에서
그대와 하나 되어 길의 길을 걷는다

— 「빛이 밝으며 마음도 밝다」 부분

이 작품은 뉴질랜드를 여행한 소회를 그리고 있다. 천혜의 자연 환경을 지니고 있는 이곳을 처음 경험한 사람은 대자연의 경관에 감탄하지 않을 수 없다. 유럽이나 미주 역시 마찬가지지만 뉴질랜드의 자연은 우리와는 규모 자체가 다르다. 인간의 아비투스에는 자연적 환경 역시 많은 영향을 미친다. 웅대한 대자연의 체험은 우리 식의 환경에서 조성된 정서의 구조를 뒤흔드는 감각적 사건이 아닐 수 없다. 화자 역시 반복되는 "최선" 등속의 수식어나 "-한다"는 명령형 어미를 통해 감각의 지평을 확장할 것을 단언함으로써 황홀한 대자연의 체험을 강조하고자 한다.

여기서 주목해야 하는 점은 구체적인 서경이 지극한 내면의 서정으로 전이되는 맥락에 있다. 이 작품은 보는 바와 같이 "그대와 하나 되어 길의 길을 걷는다"라는 시구로 종결된다. 최고의 감각을 완성하는 최선의 태도로서 "기대어, 함께, 품안에서, 하나 되어" 식의 동일성이 강조되고 있는 것이다. 외화된 서경의 시상이 동일자의 내면으로 가라앉는 방식은 전형적인 서정적 태도라 하겠다. 박복금의 기행 시편들은 이처럼 외재적 풍경을 묘사하면서 그 이미지를 서정적 자아의 내재적 세계로 정제하는 수순을 대개 따르고 있다.

　유사한 사례로 「블래드 풍경」 역시 이국적 풍경에 사로잡힌 자아의 시선으로부터 시상이 전개된다. "풍경이 우리를 놓아주지 않는 길을 걷는 순간/ 아침 햇살 품은 비취색 호수 수정처럼 맑다"와 같이 알프스의 만년설이 만든 빙하 호수를 감상하는 순간은 그 자체로 경이로운 감각을 주조한다. 대지모신의 형상과도 같은 자연 이미지는 예의 내면의 충만함을 낳게 된다. 묘사의 순간이 "신의 손길"과 "수줍은 첫사랑"을 껴안는 감각의 장("회상과 기쁨의 충돌")으로 변주되고 있는 것이다. 이처럼 전지구적 풍경의 창을 자유로이 넘나드는 시세계의 정서는 디아스포라가 환기하는 비극성보다는 집시풍의 낭만적 유랑에 가깝다.

> 한 역사를 듣고
> 시원始原까지 거슬러 올라가 보면
> 사랑의 말은 정지된 상태다
>
> 아시아 서쪽 팔레스타인 지역
> 유대인과 아랍인 정치적 다툼은
> 작은 벽 하나에서부터
> 거대한 장벽 하나다
>
> 예루살렘 땅에서
> 베들레헴 땅에서
> 사랑을 두고
> 땅따먹기 시합이다

광야에서
뿔뿔이 흩어져 슬픔 품고
마음의 문 열기도 전에

아브라함도 야곱도 모세도 여호수아도
보안장벽
분리장벽 부수지 못한 채
골 깊게 버티고 서 있는

사랑의 슬로건 바람처럼 사라진 나라
축복 받은 성지에는
통곡의 벽도 울고
십자가도 한탄하며 울고
관광객마저 울고 있는
오직 예수는 침묵이다

— 「신앙의 장벽」 전문

「신앙의 장벽」은 박복금 기행 시편의 백미로 꼽을 만한
작품이다. 이 작품은 여행을 화두로 전개되어 온 박복금 시
세계의 발생 원리와 미학적 지향을 고스란히 담고 있다. 신
앙과 사랑은 박복금 시의 발생적 동력이었다. 그 결과 베들
레헴 성지는 당연한 거처이자 궁극적 장소이기도 하다. 하
지만 여행을 통해 목도한 성소는 "거대한 장벽"의 장소요,
"바람처럼 사라진" 채 "울고 있는" 땅이며, 성자조차 "오직"
적멸의 "침묵" 속인 현실이었음을 고백하고 만다.
　　이러한 비극적 장면은 문학사회학적 접근을 부른다. "유
대인과 아랍인 정치적 다툼"은 세계적 폭력과 디아스포라를

낳은 역사적 원인이기도 하다. 근대/식민 세계체제의 제도적 본성이 "땅따먹기 시합"과 같이 이산의 경계를 강제해왔다고 해서 그것을 근대적 제도의 결과로 한정할 수는 없다. "광야에서/ 뿔뿔이 흩어져" 살 수밖에 없는 이산의 운명은 근대라는 제도의 부속물에 국한되지 않는다. 개념의 역사에 함의되어 있듯이 디아스포라는 전역사적이고 종교적인 개념에 해당된다. 화자는 "시원까지 거슬러 올라가"는 초역사적 시각과 "오직 예수는 침묵"일 뿐인 부재의 신을 감각적으로 그려내고 있지만, 위와 같은 문학사회학적 인식과 정치적 판단을 구체적 이미지로 제시하지는 않는다.

근대적 제도가 부과하는 다양한 배제의 형식이 존재한다. 이들의 제도적 속성과 차이를 간과한 채 폭력적 결과만을 두고 디아스포라의 실체와 신학이 지닌 한계를 이미지화할 수는 없다. 하지만 박복금 시가 취하는 방식은 사랑과 신앙이 장벽으로 물화되는 순간의 포착에 있는 듯하다. 이는 시적 판단중지의 순간이기도 할 것이다. 여기에는 정치적인 운산이 아닌 포용과 관용의 시선이 함의되어 있다.

3

결국 박복금 식 공간애, 박애의 토포필리아가 다양한 장소들의 길항을 견지해나가는 중이다. 국내외 이주의 풍경을 시상에 이끌어오는 근본 동력은 '향수'라고도 할 수 있다. 고향 상실은 현대인의 보편적 소외이기도 하지만 박복금 시의 화자에게 있어서 고향은 비극의 현재적 장소로 끊임없이 재현된다. 예컨대 "총부리 겨눈 철조망 비무장지대 따라/

금강산 가는 길/ 내 속살 속에 선친 모습 안개비로 가리는 찰나/ 고향은 늘 슬픈 추억뿐"(「고향 그늘에 앉아서」)인 것이다. 이때 향수는 새로운 장소성을 구성한다. "타향 뒤에는 또다른 고향이 있다는 신호"를 감각하는 시선이 여기에 있다.

그 결과 풍경은 새로운 고향과 장소, 새로운 시적 감각을 구성하는 동력으로 전이된다. 화자는 "단풍 등지고 먼 길 걸어온 날/ 푸짐한 시詩 한 그릇 지어/ 시루봉 산신령에게 속죄하고 싶은 날"(「시루봉의 하루」)을 맞기도 한다. 풍경이 그 스스로 시를 구성하는 것이다. 다른 예로 시월의 산은 "시간의 터널 지나/ 마른 풀잎 사각거리는 사이로/ 시를 읊고 서 있는/ 외로운 그림자"(「갈색 유혹」)의 주체이자 객체가 된다. 이러한 장면들은 풍경이 시화되는 대표적인 이미지를 보여주고 있다. 그것이 곧 박복금 시의 장소성이요 그만의 공간을 생산하는 방식이라 하겠다. 장소와 사유, 그리고 문학의 필연적 연관을 박복금 시를 통해 발견하는 지점이기도 하다.

박복금 시의 세계는 이처럼 순수 서정의 일관된 조어 방식으로만 특화되지 않는다. 장소에 대한 사유는 풍경의 다양성을 변주하고 있고, 그런 탈주의 풍경 속에서 사회적 관심을 구체적 사건으로 드러내는 시상이 발견되기도 한다. 현대 문명의 상징인 스마트폰을 "솔향기가 솔솔 풍기는 당신"(「당신이 있기에 행복합니다」)으로 호명하는 사례는 순진한 경우라 하겠다. 그 밖에 작가의 개인사와 사회적 관심이 만나 인식론적 연대의 지평을 형성하는 시화를 살펴볼 수 있다.

여기 오늘
인생의 길 바꾸는 솔올 성당 언덕 통로엔
환영인파 박수소리 출렁거리고
재財테크
휴休테크 공존하는 세상
토막잠조차 해결하기 힘든
갈라진 민족의 아픔 오늘 만났다

하느님 사랑으로 따스하게 맞아
밤새워 웃고 울고
북한 생활사 고스란히 귀 기울여 듣는 순간
예수님, 광야 유랑생활처럼
내 어린 시절 흥남부두 떠날 때처럼
그와 나는 통일을 담보하고 살아가는 한민족이다

　　　―「하나원 새터민 스케치」부분

　　안성 소재의 탈북자 지원사무소와 관계된 이 작품은 "하
나원 새터민 친구"와의 하루를 소중히 기록하고자 한다.
"재테크/ 휴테크 공존하는 세상"이라는 풍자 속에서도 예의
"흥남부두 떠날 때"의 시간이 반복되지만, 그럼에도 불구하
고 "만남의 여정은 풍성하"기에 궁극적인 희망의 노래로 승
화되고 있다. 이처럼 여행은 곧 삶을 발견하는 순간과도 같
다. 박복금의 이번 시집을 관류하는 궁극적 전언이 있다면
바로 이런 발견의 감각이 아닐까 한다. 달리 말하자면 박복
금 시의 여행은 감각적 발견을 향한 구도의 길이기도 한 것
이다.

바로 그때

갠지스강가 안개 속 희미하게 비친 불빛 한 줄기와
화장터에서 내뿜는 연기를 끌어안고 만났습니다
내가 태어난 것은
기쁨과 희망을 간직할 수 있는
세상의 모든 자연과 환경을 잘 받아들이라는
암시의 찰나였습니다

나누며 살아가는 것은
타인의 마음을 이해하고 배려하는 것은
사랑의 선물임을 알았습니다
내 삶의 숙제 하나 하나 풀어가며 돌아온 그 길은
고뇌도 길이 들면 기쁨이 된다는 사실입니다

　　　　—「그때, 나를 기다리는 갠지스강」 부분

　　그리하여 박복금 시의 여정은 갠지스강에 이른다. 갠지스
는 장대한 힌두 문화의 근원지이며 종파를 초월하여 성과 속
이 여과되는 전지구적 상징으로 기능하고 있다. 화자가 개인
적 종교를 떠나 나눔과 배려의 의미를 깨닫는 장소로서 갠지
스를 성스럽게 묘사하는 맥락도 이러한 의미에서일 것이다.
　　갠지스의 체험이 목적의식적 시의식과 연동된 행위라고
는 파악하기 어렵다. 이 역시 "아무것도 보이지 않던 투병"
의 시간을 이기고자 하는 사적 계기로부터 비롯된다. 그런
과정에서 이타적 사랑의 의미를 깨닫는 "암시의 찰나"를 맞
게 되는 것은 우연이 아니다. 이 작품은 풍경이 주조하는
내면의 각성이 범민족적 연대와 초종파적 각성에 이르는 필

연의 각본일지도 모른다.

구도로서의 여행이라는 길은 만만치 않은 사유와 역사 인식을 바탕으로 하고 있다. 더더욱 시적 양식이 전제해야 할 언어의 세련 역시 구도의 치열함에 비견될 만하다. 「그 때, 나를 기다리는 갠지스강」에서 넘치는 진술의 행들, 과 잉된 주정적 묘사 등은 이 작품이 지니고 있는 시적 발견의 감동을 반감케 하는 지나친 장식일 수 있다.

포탄 소리에 등골이 저려 온다 인연 하나 출렁거린다.

수난의 길목에서
6·25의 목멘 아우성 소리와
구찌터널 승리가 조용히 객석에서 일어선다
사랑의 삶도 세월이 흘러가면
엇갈리게 끼워진 단추만 같아
비브라토 음성으로 가득 찬 아트센터에 쌀쌀한 바람이 분다
주옥같은 삽입곡
"You Are Sunlight And I, Moon"
심장 파고드는 불멸의 멜로디
순간순간 시간의 공포로 오장육부 받쳐 들고
저 너머 평화와 자유를 향한 그 길로……

베트남 여인 크리스 킴 부드러운 미소는
거친 사내들의 근육질에 버림받아
슬픔은 더 둥그렇다
미국병사 크리스와 비극적인 러브스토리
죽음과 바꾼 눈물겨운 모성애는
세상 허물 벗어 던지고
베트남 정치지도자 호치민의 숨결도 함께 달려 나온다

— 「미스 사이공」 부분

박복금 시의 역사 인식과 관련하여 「미스 사이공」은 주목할 만한 작품이다. 표면적으로 이 작품은 세계적인 뮤지컬에 대한 감상을 다소 낭만적으로 그린다. 하지만 아시아의 입장에서 뮤지컬의 스토리는 낭만적으로만 해석할 수 없다. 더더욱 시인 역시 "식민지 여성사"(「눈물로 핀 꽃이여」)에 대한 상처를 주목한 바 있다. 거기에는 식민지의 경험 속에서 "거칠게 살아온 여인"과 "아픔으로 시달림 받은 여인"의 상처가 각인된다. 이는 곧 "고향 어머니 향기"에 배인 가족사적 슬픔이기도 하다.

탈식민적 관점에서 볼 때 백인 병사와 원주민 처녀와의 사랑을 근간으로 하는 뮤지컬 구도는 전형적인 서양중심적 세계관을 담고 있다. 해와 달의 상징 역시 그 대상이 '크리스'와 '킴'이라는 오리엔탈리즘의 판본인 이상 전설적인 아름다움으로만 상찬될 수 없다. 더더욱 '구찌터널'과 '호치민'은 미국 제국주의 전쟁을 자력으로 방어한 베트남 민중사의 위대한 상징이다. 그럼에도 불구하고 「미스 사이공」은 이 모든 것들을 "둥그렇"게 감싸는 모성의 장 속에서 연출하고 있다. 둥근 여성성의 공간은 개인사의 비극은 물론 근대사의 대립을 무화시키는 화해의 공간으로 변주된다.

이러한 시적 지형에 대해서는 상반된 평가가 가능할 것이다. 박복금 시의 서정적 자아가 그리는 화해의 장은 정치사회적 관점에서 볼 때 비현실적인 추상일 수밖에 없다. 앞서 본 「함께 가야 할 사람」에서와 같이 한국전쟁을 '동란'으로 명명해야 하는 기성세대로서의 이데올로기가 어쩔 수 없이 드러나기도 한다. 시로써 평화로운 화합의 장을 묘사할 수 있는 것은 어쩌면 그 보수적인 세계관에 연륜이 더한 결과일지 모른다. 실로 「미스 사이공」은 궁극적인 화해의 장을 연출하고 있다. 이는 스스로의 인생을 "저 너머 평화와 자유를 향한 그 길" 위에서 살아온 흔적이자 미학적 귀결이라 하겠다.

> 말 할 수 있는 것도
> 말 할 수 없는 것도 모두 추락 중이다
> 열반으로 들어가는 짧은 삶은
> 먼 길
> 먼 바다다
>
> 풍경을 보는 순간
>
> ─「삼화사 풍경 속으로」 부분

위 작품은 박복금 시에서 풍경의 변증법이 이르는 길을 또 다른 장면으로 보여준다. 풍경에 관한 인상적인 구절 중 하나인 이 작품은 '말(언어)'의 무화를 전경화하여 배치한다. 예컨대 언어('말')와 행위의 접사('-하다') 사이에 빈 간극("말 할")은 비문의 증표가 아니다. 이는 언어 행위 자체의 단속과 거리를 시각적으로 형상화하는 의도적 장치일 수 있다. 그 결과 무화된 기호의 체험이 강조된다. 이와 함께 변증법적 지양의 주체는 덧없이 "짧은 삶"의 허울을 쓴 채 "먼 길/ 먼 바다" 앞에 하릴없이 속살을 드러낸다. 발견의 장면은 찰나의 순간이다. 그것도 "풍경을 보는 순간"이라 한다.

풍경은 하나의 장면에 그치지 않는다. 박복금 시세계에

서 풍경을 접하는 순간은 시인의 의도를 떠나 미적 인식의 계기일 뿐만 아니라 생과 사 혹은 존재와 부재의 극한 대립이 무화되는 마법의 시간과도 같다. 이러한 미적 순간이 의미 있는 중요한 이유는 삶의 장소성이 미학적 인식을 수반하게 된다는 문학 본연의 발생 원리를 감각하는 계기이기 때문일 것이다. 또한 이런 풍경의 시간은 시학을 비웃는 순간이기도 하다. 열반의 감각 속에 무화된 언어의 순간에는 기존의 시적 모더니티 혹은 미학적 공준 역시 하나의 서툰 의장에 불과할 것이다.

4

현실과 역사 인식의 문제는 박복금 시세계가 유랑하는 여정의 전 궤적과도 연동된다. 여행이라는 비유를 계속 빌자면, 『흥남부두 거쳐서 베들레헴』의 최종 종착역이 이와 관계된다. 앞서 보았듯이 박복금 시의 여행은 여러 기항지들을 거쳐 언어의 무화라는 인식 공간에 이른다. 다음 풍경들은 이와 직접적으로 관련된다.

한 줌
거름으로 남기 위한 투쟁

　　　―「낙엽」 전문

반정 가는 길목에서
누가 날 불렀다니까

　　　―「가을 소리」 전문

이 작품들은 여정이 다다를 귀착지의 분위기를 환기하는 예시일 수 있다. 박복금 시세계의 시어들은 일상적인 언어를 주로 다룬다. 과격한 비유나 지나친 미적 거리의 설정은 극히 드물다. 그런 관성에 비하자면 위 선시류의 작품들은 다소 파격적이다. 보는 바와 같이 「낙엽」은 나뭇잎의 일생을 "한 줌/ 거름"을 향한 고투로 단언한다. 대자연의 궤적 위에서 영원한 순환을 따른 길항은 낙엽은 물론 모든 존재가 짊어진 운명이다. 그 삶의 각성을 흔한 낙엽 위에서 발견하는 순간에는 구차한 형용이 불필요하다.

「가을 소리」는 대관령 옛길에 위치한 반정半程에 오르는 과정을 계절의 소리로 현현하는 공감각을 보여준다. "날 불렀다니까"와 같은 의뭉스러운 허사 혹은 수사적 의문은 깨달음을 공명하고자 하는 시적 장치로서 손색이 없다. 득도의 순간과도 같은 일갈의 시어가 장황함을 버리고 큰 여백과 함께 오롯이 드러난다. 이들 작품류는 박복금 시에서 찾아보기 힘든 언어의 경제와 상상력, 절제의 미학을 엿볼 수 있는 텍스트에 해당된다. 이번 시집의 여정이 이르는 비의성의 풍경이라 하겠다.

비의적인 종착지를 제외한 박복금 시는 대개 이산의 아픔을 순수한 언어에 기대어 직설적으로 드러낸다. 거짓 없는 수사만큼 시세계의 한계 또한 분명한 듯하다. 문제는 긴장이다. 박복금 시가 진부한 일상의 언어를 외장으로 취하는 방식을 고수하는 한 형식미학적인 조명을 받기는 어려울 것이다. 그렇다면 박복금 시의 미덕을 시학적으로 설명할 방법, 혹은 미적 공준과 제도화된 감각의 재구에 대한 노력이 필요하게 된다.

『흥남부두 거쳐서 베들레헴』은 여행이 주요 모티프가 된 만큼 다양한 장소를 서경적으로 묘사한다. 이 시집의 배경은 전지구적 풍경의 카니발적 공간이라 할 만하다. 그러한 공간 요소의 시화 자체가 박복금 시세계에 있어서는 탈주의 선이기도 하다. 디아스포라를 강제한 흥남부두라는 원체험이 개인사적 비극으로 함몰되는 순간을 넘어서는 지양의 장이 이번 시집인 것이다. 이산을 딛고 삶과 장소를 개방하는 시어의 장이기에 양질 전화의 화성악이요 선험적 한계 극복의 존재론이라 부를 만하다.

박복금 시세계가 앞으로 어떻게 전개될지는 미루어 재단하기 어렵다. 독자로서는 그 변주의 선이 지금까지의 시적 동력, 즉 가족애와 전통 서정 등으로부터 과감히 단절할 것을 주문해야 한다. 박복금 시의 주조 방식은 충분하지만 보편적인 경험 세계를 지극히 낯익은 풍경으로 환원하는 관성일 수 있다. 한편으로 박복금 시편들에는 "숭숭 구멍 난 그림자"(「물안개로 흩어지리라」)를 재현할 뿐인 감각이 곳곳에 놓여 있다. 짐짓 일상적이지만 그림자의 공간이라는 정동을 묘파하는 시선이 분명 그의 것이다. 탈주의 감각이란 이런 정동의 이미지들을 산파하는 시선이기도 하다. 시적인 외장이 함의하는 비시적인 구투를 경계해야 할 것이다. 이른바 인식론적 단절이 그리는 낯선 탈주의 선이 바로 그 곁에 존재한다. 박복금 시가 걸어야 할 미증유의 길은 이미 저 영원한 문학의 역사 속에 있다. ♣